LES MIGNONNETTES

POÉSIES POUR DES ENFANTS DE 10 A 14 ANS

PAR

Antonin BOUREL

Prix : 1 Fr.

ANGERS
IMPRIMERIE DE LEMESLE FRÈRES ET Cie

1865

LES MIGNONNETTES

Angers. — Imprimerie Lemesle frères et Cie, place Saint-Martin, 1.

LES

MIGNONNETTES

POÉSIES

POUR

DES ENFANTS DE 10 A 14 ANS

PAR

Antonin BOUREL

ANGERS

IMPRIMERIE ET LIBRAIRIE DE LEMESLE FRÈRES ET Cie

1, Place Saint-Martin, 1

1864

A LA MÉMOIRE

DE

FANNY HENRY

Mon Épouse bien-aimée

A toi sont dédiées ces « **Mignonnettes** » que tu avais illustrées de tes dessins. Si elles expriment quelques-uns de tes nobles sentiments, elles feront du bien à ces jeunes âmes auxquelles il t'était si doux de montrer le chemin du ciel.

A. B.

Et si par mésaventure,
On vous fait mauvais accueil,
Vous montrant une figure
Bien sèche et rude d'orgueil,

Revenez, ô Mignonnettes,
Revenez auprès de moi;
Vous aurez, loin des tempê tes,
Un refuge sous mon toit.

Là nous vivrons solitaires;
Nous parlerons du bon Dieu
Et de nos malheureux frères
Qui sont sans pain et sans lieu.

I

Petit papillon

Petit papillon jaune et rose,
En courant, à peine se pose
Sur les plus odorantes fleurs ;
De tous les parfums il se lasse,
Il les savoure et puis il passe,
Vain de ses brillantes couleurs.

Le soleil sur ses blanches ailes
Fait éclater mille étincelles,
Mille reflets de diamant.
Le passant, ébloui, l'admire
Et dit avec un doux sourire :
Que ce papillon est charmant !

Semblant comprendre ce langage,
Il devient encor plus volage
Et s'aventure sur les flots.
Mais une rapide hirondelle
Le précipite d'un coup d'aile,
Mourant, aux pieds des matelots.

N'imite pas son inconstance,
Enfant, et dans ton innocence
Conserve la simplicité.
Bénis Dieu des biens qu'il te donne,
Et souviens-toi que la couronne
De l'enfance est l'humilité.

Sous l'œil de ton Père céleste,
Oh ! sois toujours sage et modeste;
Que rien n'enfle jamais ton cœur.
L'orgueil comme une fine lame
Donnerait la mort à ton âme ;
Car Satan serait ton vainqueur.

II

La petite Fille et le Ruisseau

Charmante enfant rose et blanche,
Toute joyeuse se penche,
Pour se voir dans le ruisseau;
Et cette onde claire et pure
A son oreille murmure :
Oh ! que ton visage est beau !

La petite fille admire
Son délicieux sourire,
Ses cheveux longs et soyeux ;
A sa ravissante image,
Elle tient un doux langage,
Le doux langage des yeux.

Mais de ce miroir liquide,
Un poisson s'élance, avide,
Pour saisir un vermisseau ;
L'image s'enfuit sous l'onde,
Lorsqu'à notre jeune blonde
Une voix lui dit de l'eau :

Hélas ! vaut-il bien la peine,
Comme vous d'être aussi vaine
D'une fragile beauté,
Qui plus rapidement passe
Que le corbeau dans l'espace,
L'éclair dans l'obscurité ?

Soyez donc humble et modeste ;
Que votre père céleste
Illumine votre cœur ;
Cherchez Dieu dans la prière,
Cherchez-le sur le Calvaire ;
C'est là qu'est le vrai bonheur.

III

Le bon Dieu qui donne

D'où vient ce grand soleil,
Dis-moi, petite mère,
Dont la douce lumière
M'éclaire à mon réveil ?

— Du bon Dieu qui nous donne
Ses biens et nous pardonne.

Et les cieux étoilés,
Quand commence la brune ?
Par un beau clair de lune
Les insectes ailés ?

— Du bon Dieu qui nous donne
Ses biens et nous pardonne.

Et les fertiles champs
Pleins de fleurs parfumées ;
Les fauvettes aimées
Pour leurs aimables chants ?

— Du bon Dieu qui nous donne
Ses biens et nous pardonne.

Et les immenses mers
Et les hautes montagnes,
Les stériles campagnes
Et les vastes déserts?

— Du bon Dieu qui nous donne
Ses biens et nous pardonne.

Et les moutons paissant,
Répandus dans la plaine

Et dont la blanche laine
Éblouit le passant ?

— Du bon Dieu qui nous donne
Ses biens et nous pardonne.

Ce pain délicieux,
Tous ces mets délectables
Qui garnissent nos tables,
Et ces habits soyeux ?

— Du bon Dieu qui nous donne
Ses biens et nous pardonne.

C'est donc lui, toujours lui,
Qui donne en abondance,
Et dont la Providence
Est notre ferme appui ?

— Oui, c'est lui qui nous donne
Ses biens et nous pardonne.

IV

Si j'étais l'Aigle rapide

Si j'étais l'aigle rapide,
L'aigle au vol audacieux,
Je monterais, intrépide,
Jusques au plus haut des cieux.

Si j'étais petit nuage,
Aux franges de pourpre et d'or,
Que chasse et poursuit l'orage,
Vers mon Dieu j'irais encor.

Si j'étais le vent sonore
Qui d'un bond franchit les mers,

J'irais, quand brille l'aurore,
Jusqu'au roi de l'univers.

Mais l'esprit, pure étincelle,
Souffle divin du Seigneur,
Peut atteindre, d'un coup d'aile,
Le trône du créateur.

O Seigneur! par la prière
Je m'élève jusqu'à toi,
Pour te contempler, ô Père,
Dans les élans de ma foi.

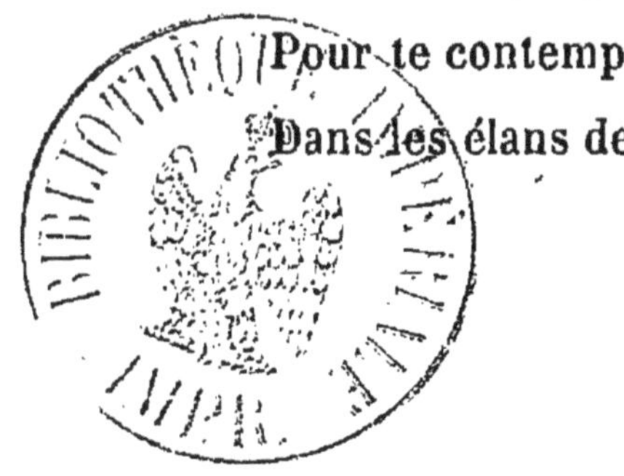

V

La petite Glaneuse

Allons, ma petite glaneuse,
Travaille bien jusqu'à ce soir.
Oh ! j'aime tant, leste et joyeuse,
Au milieu de nos champs te voir !

Rapide comme une alouette,
Tu suis de loin les moissonneurs ;
Tu cueilles les épis, seulette,
Sans craindre les grandes chaleurs.

Et pour t'exciter à l'ouvrage,
Tu chantes d'aimables chansons,

Antiques refrains de village,
Pendant l'époque des moissons.

Puis, quand la nuit de son long voile
Vient interrompre les travaux,
Dans ton grand tablier de toile
Tu serres les épis nouveaux.

Un peu lasse, vers ta chaumière
Tu t'achemines lentement,
Heureuse de revoir ta mère
Qui t'embrasse bien tendrement.

Et toutes deux vous rendez grâce,
Du fond de votre âme, au Seigneur,
Qui fait luire sur vous sa face
Et vous inonde de bonheur.

VI

La petite Orpheline

Je suis petite fille
Et n'ai plus ici bas,
Ni mère, ni famille
Qui dirige mes pas.

De la jeune orpheline
Dieu sera le soutien,
Et la bonté divine
Me donnera mon pain.

Ma douce et bonne mère
Me répétait souvent,

Que Jésus, notre frère,
Nous aimait ardemment.

Le matin, ma prière
S'élève jusqu'à lui,
En ouvrant ma paupière,
Dès que le jour a lui.

Je sais qu'il me regarde,
Qu'il veille sur mes jours.
Que son amour me garde
Et me guide toujours!

VII

La Diaconnesse et l'Enfant

LA DIACONNESSE

Mon ami, depuis plus d'une heure
Je te vois répandre des pleurs;
J'ai pitié de l'enfant qui pleure,
Viens me raconter tes douleurs.

L'ENFANT

Merci, merci, ma bonne Dame,
Oh! mille fois merci, ma Sœur.
Êtes-vous une sainte femme
Vouée au culte du Seigneur?

LA DIACONNESSE

Enfant, je suis Diaconnesse ;
Je sers Dieu dans les malheureux,
Et je consacre ma jeunesse
A soigner les nécessiteux.

L'ENFANT

Vous êtes donc la Providence
Des malades, des indigents,
Et vous apportez l'abondance
Dans la maison des pauvres gens ?

LA DIACONNESSE

Ami, je suis pauvre moi même,
Mais le Seigneur, dans sa bonté,
Me donne, parce que je l'aime,
De répandre sa charité.

L'ENFANT

Venez donc visiter ma mère,
Ma bonne mère qui se meurt
De maladie et de misère ;
Oh ! oui venez chez nous, ma sœur.

La sainte Femme ! et sans se plaindre
Elle souffre en nous bénissant,
Elle nous conjure de craindre
Et d'aimer le Dieu tout puissant.

LA DIACONESSE

Viens, allons auprès de ta mère ;
Je veux lui prodiguer mes soins,
La consoler par la prière
Et pourvoir à tous vos besoins.

VIII

L'Enfant sage

Paul est un aimable enfant ;
Le matin, quand il se lève,
Vers le Seigneur il élève
Un regard reconnaissant.

Dans sa touchante prière,
Il demande au Dieu d'amour
De le bénir, en ce jour,
Avec sa famille entière.

Puis, il se rend tout joyeux,
Oui, joyeux à son école ;

Cela peut paraître drôle,
Mais il est si studieux!

Et son maître le voit prendre,
Très appliqué la leçon;
Paul répète avec raison,
Qu'il est bien heureux d'apprendre.

Charmant, enjoué, poli,
Ne froissant jamais personne;
A qui l'offense il pardonne;
Pour l'injure il a l'oubli.

Parents, camarades, maître,
Certe, il est aimé de tous;
Si quelqu'un en est jaloux,
Il ne le fait point paraître.

Et quand arrive le soir,
Il récite sa prière,
Sur les genoux de sa mère,
Où toujours il vient s'asseoir.

IX

L'Enfant et le Papillon

L'ENFANT

Petit papillon, qu'as-tu?
Pourquoi fuis-tu ma présence?
Sur le sillon abattu,
Ressens-tu quelque souffrance?

LE PAPILLON

Ah! vous êtes bien méchant
De m'avoir privé d'une aile.
Je n'attends plus, dans ce champ,
Qu'une fin prompte et cruelle.

L'ENFANT

Je t'emporterai chez moi,
Dans un grand et beau parterre ;
Même tout exprès pour toi
Je mettrai des fleurs à terre.

LE PAPILLON

Eh ! que m'importent vos fleurs,
Après m'avoir cassé l'aile ?
Accablé par les douleurs,
Je sens que la mort m'appelle.

L'ENFANT

Hélas ! je ne savais pas
Qu'un amusement frivole,
Pourrait causer le trépas
Du blanc papillon qui vole.

LE PAPILLON

Si l'on vous broyait un bras
Ou qu'on vous mit sur la braise,
Y prendriez-vous vos ébats ?
Seriez-vous bien à votre aise ?

L'ENFANT

Mon Dieu ! je n'y songeais pas.
Qui réfléchit à mon âge ?
Mais ton horrible trépas
Désormais me rendra sage.

X

La Mère et l'Enfant

L'ENFANT

Pourquoi gémis-tu, bonne mère?
Pourquoi répands-tu tant de pleurs?
N'avons-nous pas au ciel un père
Qui connaît nos grandes douleurs?

LA MÈRE

Enfant, l'existence est amère;
Avec toi je voudrais mourir;
Car au ciel, dans le sein du père,
Jamais nous n'aurions à souffrir.

L'ENFANT

Mère, le bon Dieu qui nous aime,
N'aura-t-il pas pitié de nous,
Quand notre misère est extrême,
Si nous le prions à genoux?

LA MÈRE

Seigneur qui me vois à toute heure
Gémissant sur tous mes malheurs,
Éloigne de notre demeure
Ce qui nous fait verser des pleurs.

L'ENFANT

Seigneur qui fournis la pâture
Aux petits oiseaux dans les champs,
Oh! donne-nous la nourriture,
A nous qui sommes indigents.

XI

Prière

Dès que brille l'aurore,
Dans ses aimables chants,
Le rossignol t'adore
Au milieu de nos champs.

Dans toute la nature
Il n'est pas une voix,
Une voix douce et pure,
Qui n'exalte tes lois.

L'âme qui te vénère
T'implore au point du jour,

Quand le ciel à la terre
Parle de ton amour.

Et moi quand je me lève,
T'oublierai-je, ô Sauveur?
Ah! jusqu'à toi j'élève
Mon regard et mon cœur.

Mon Dieu, bénis mon père,
Mes frères et mes sœurs,
Et répands sur ma mère
Tes plus grandes faveurs.

Donne-moi la sagesse,
L'aimable pureté;
Que je croisse sans cesse,
Seigneur, en charité.

XII

Abija

—

1 Roi XIV, 12.

Ami, connais-tu l'histoire
Du fils de Jéroboam?
Elle est simple, et j'ose croire,
Que tu comprendras la gloire
De cet enfant d'Abraham.

Pourtant la Sainte Écriture,
Si sobre dans ses portraits,
De cette noble nature
Si gracieuse et si pure,
Donne à peine quelques traits.

Elle peint sa vie entière
Disant « qu'il avait du bon ».
Douce et sereine lumière !
Ah ! sa trop courte carrière
Fut une grande leçon.

Petit flambeau dans le monde.
C'était la seule clarté
Au sein de la nuit profonde,
Comme un phare au bord de l'onde
Brillant dans l'obscurité.

Lui seul de toute sa race
N'adorait point les faux Dieux ;
Pur comme un lys plein de grâce,
Il marchait devant la face
De Jéhova, roi des cieux.

Le Seigneur qui récompense
Les plus obscures vertus,
A ce monde de souffrance,

Il enleva son enfance
Pour le monde des Elus.

La mort déroba son âme
A d'innombrables malheurs;
Il ne vit point le grand drame
D'Israël, la cour infâme
Se roulant dans ses douleurs.

Il ne vit point sa famille
Au milieu des flots de sang;
Tous les siens sous la faucille,
Jusqu'à la dernière fille,
Dans le massacre expirant.

Enfant, suis ce beau modèle;
Souviens-toi qu'il faut toujours
Au Seigneur rester fidèle,
Même quand il nous appelle
A passer de mauvais jours.

XIII

Le Maraudeur

Charles était un enfant,
Paresseux, gourmand, colère ;
A l'école turbulent,
Et chez lui battant son frère.

Un jeudi notre écolier,
En parcourant la vallée,
Aperçoit un espalier
Au fond d'une sombre allée.

Oh ! le magnifique fruit !
Ces poires sont ravissantes.

Charles les mange sans bruit
Et les trouve succulentes.

Comme il est content de lui !
Certe, il fait bonne maraude.
Mais un œil ardent a lui ;
Près de là le maître rôde.

De même que l'aquilon
Se déchaîne en temps d'orage,
Il court avec son bâton
Et, le frappant avec rage :

« Ah ! misérable coquin,
« Dit-il, d'une voix tonnante,
» Tu ravages mon jardin
» Comme si vous étiez trente ! »

Et Charles meurtri, pleurant,
Un peu tard sur sa folie,

Echappe, clopin-clopant,
A la main qui le châtie.

Il a compris la leçon
Donnée à bien haute dose ;
Sage, actif, plein de raison ;
C'est une métamorphose.

XIV

Le Rossignol en cage

L'ENFANT

Pourquoi n'entendons-nous plus,
Dès qu'au ciel brille l'aurore,
Retentir ta voix sonore
Parmi les arbres touffus?

Pourtant ta cage est bien belle,
O mon rossignol chéri ;
Elle te donne un abri,
Quand il pleut ou quand il gèle.

Gâteaux, vers, sucre ou brins d'herbe,
Nous te donnons tout gaîment,

Car nous t'aimons tendrement
Avec ton air si superbe.

Aimable chantre des bois,
Chante donc sous le feuillage ;
Du sein de ce frais ombrage,
Fais-nous entendre ta voix.

LE ROSSIGNOL

— Ami, cette belle cage
M'a ravi ma liberté,
Et je n'ai jamais chanté
Que libre dans le bocage.

Pour retrouver mes doux chants,
Il faut déployer mes ailes,
Et comme les hirondelles
Voler à travers les champs.

Car la liberté m'inspire
Des accords mélodieux ;

Sans elle, hélas ! je soupire
Après mes refrains joyeux.

L'ENFANT

— Eh ! bien, pars, gagne les plaines,
Perds-toi sous les arbres verts,
Bois l'eau pure des fontaines
Et fuis les rudes hivers.

XV

Pense au bon Dieu

O mon enfant, pense au bon Dieu.
Dis, n'est-ce pas lui qui te donne
Tous les biens et qui te pardonne,
Quand tu l'implores au saint lieu?

Celui qui nourrit l'alouette
Et qui revêt les lys des champs,
Te comble aussi de ses présents
Et fait de ta vie une fête.

Qui te prodigue la santé?
Qui t'accorde la nourriture?

Un vêtement pour couverture ?
Le toit où tu t'es abrité ?

N'as-tu pas un excellent père
Pour toi tout prêt à s'immoler ?
Et toujours pour te consoler
N'as-tu pas une tendre mère ?

Témoigne au Seigneur ton amour ;
Montre-lui ta reconnaissance
Par une sainte obéissance ;
Il te bénira chaque jour.

XVI

Il est mort

Il est mort, mon meilleur ami,
Il est mort à la fleur de l'âge ;
Des enfants de notre village
Nul n'avait un cœur plus soumi.

Il était bon et charitable.
Que de fois il donnait son pain
Aux indigents mourant de faim,
Qu'il faisait asseoir à sa table !

Le dimanche il allait souvent
Visiter de pauvres chaumières,

Et, témoin de bien des misères,
Il leur donnait de son argent.

Et quand arrivait la froidure
De l'hiver sombre et rigoureux,
Il offrait aux plus malheureux
Des habits, de la nourriture.

Dans la mort comme dans la vie
Il a confessé son Sauveur ;
En mourant, il disait : Seigneur,
Mon âme en toi seul se confie.

XVII

Le premier jour de l'An

C'est aujourd'hui le premier jour de l'an,
Nos chers parents, nos parrains, nos marraines,
Vont nous donner d'abondantes étrennes.
Oh! c'est un jour charmant
Que le premier de l'an!

Depuis le matin les familles,
Joyeuses, vont se visiter;
Les grands parents font inviter
Tous leurs fils et toutes leurs filles.

Dès que du ciel descend le soir,
Réunis à la même table

Avec un bonheur véritable,
Oh ! quel plaisir de nous asseoir !

Des vœux ardents et des prières,
De nos cœurs montent jusqu'aux cieux ;
Enfants, nous prions pour nos pères
Et nos pères pour nos aïeux.

Un vieillard presque octogénaire
Dit : nous te bénissons, Seigneur,
De nous donner tant de bonheur
Pendant toute une année entière.

Tu connais nos iniquités ;
Pardonne-les et les efface,
Et fais luire sur nous ta face,
En nous prodiguant tes bontés.

Oh ! viens habiter dans nos âmes,
Et que nous sentions chaque jour,

De ton saint et constant amour,
Grandir les ineffables flammes.

C'est aujourd'hui le premier jour de l'an,
Nos chers parents, nos parrains, nos marraines,
Vont nous donner d'abondantes étrennes.
Oh ! c'est un jour charmant
Que le premier de l'an !

XVIII

Les Vendanges

CHANSON

Allons cueillir des raisins,
C'est la saison des vendanges;
Dieu nous comble de ses biens;
Amis, chantons ses louanges.

Voyez tous ces vendangeurs
Répandus dans nos campagnes,
Entendez mes jeunes sœurs
Riant avec leurs compagnes.

De ces sarments vigoureux
Détachons les grappes mûres,

Mangeons les grains savoureux
Et jettons les peaux trop dures.

J'aime à voir les vignerons,
Dans une mise charmante,
Pétrir, dans des cuviers ronds,
La vendange qui fermente.

Puis, quand arrive le soir,
Autour de la même table,
Nous venons tous nous asseoir
Pour le souper délectable.

Au milieu des ris, des chants,
Les heures passent bien vite;
Ah ! ne soyons point méchants;
Au bonheur tout nous invite.

XIX

Être Pauvre

Pourquoi portes-tu, petit Pierre,
De vieux haillons pour vêtement?
— Je suis pauvre, et, dans la misère,
Comment me vêtir proprement?

— Et pourquoi n'as-tu pour chaussure
Que des sabots toujours brisés?
— Le pauvre ne prend pas mesure;
On les lui donne presque usés.

— Pourquoi pour toute nourriture
N'as-tu qu'un morceau de pain noir?

— Au pauvre, à table, la nature
Prodigue peu de biens, le soir.

— Pourquoi couches-tu sur le chaume
Dans un grenier où vient le vent?
— Je suis pauvre et pourtant le somme,
La nuit, ne me fuit pas souvent.

— Pourquoi, malgré tant de misère,
Loin de te plaindre es-tu content?
— C'est que le pauvre a la prière
Où Dieu soutient son cœur souffrant.

XX

Le Petit Voleur

Un fripon, malgré sa finesse,
Trouve bien souvent son pareil
Qui lui fait voir, avec adresse,
Qu'un plus fin vit sous le soleil.

Le petit Paul, à son école
Passait pour un vilain garçon ;
Menteur, paresseux, mauvais drôle,
Sous tous les rapports polisson.

Encre, papier, plumes d'un autre
Il s'en emparait fréquemment,

Tout en faisant le bon apôtre,
Et se cachait fort prudemment.

Un voleur était dans la classe,
On ne pouvait plus en douter.
Mais comment découvrir sa trace?
Nul enfant n'osait s'en vanter.

Paul est suspect; pourtant personne
Encor ne l'a pris sur le fait;
On guette en vain; lui, qu'on soupçonne,
Fuit tous les regards, satisfait.

Le matin venant de bonne heure,
Dans la classe bien doucement,
Il se fait la part la meilleure
Et s'en retourne promptement.

Or, par un beau jour, d'aventure,
Le maître s'éveille soudain,
Et pour admirer la nature,
Il va dans son petit jardin.

Apercevant la porte ouverte,
Il s'étonne et la ferme à clé;
Il monte à la salle déserte,
Armé d'un long manche à balai.

Il écoute, quelqu'un s'agite,
Trotte menu, fait peu de bruit;
C'est petit Paul qui court, court vite
Avec son larcin et s'en fuit.

Halte-là, coquin, dit le maître,
En le saisissant par le bras;
A voler je te surprends, traître;
Cette fois tu ne nieras pas,

Puis le prenant par une oreille,
Et giflant sans trop de façon
Sa figure de peur vermeille,
Il chasse le petit garçon.

XXI

Sage et Pieuse

Oh ! sois toujours sage et pieuse,
Simple comme une fleur des bois ;
Avec Dieu tu seras heureuse,
En obéissant à ses lois.

Dans la foule passe inconnue
Ou que l'on dise en te voyant :
Charmante, modeste, ingénue,
Qu'elle est gentille en souriant !

Travaille auprès de ta fenêtre
Avec grande ardeur tout le jour,

Et quand la nuit vient à paraître,
Chante un cantique au Dieu d'amour.

Lis aussi dans le divin livre,
Qui parle du bonheur des cieux
Et de Jésus que tu dois suivre,
Modèle vivant pour tes yeux.

Incline-toi bien bas et prie;
Oui, mon enfant, prie à genoux
Auprès de ta mère chérie,
Le Dieu qui nous protège tous.

Oh ! souviens-toi, dans ta prière,
Des pauvres et des malheureux,
Que tu connais dans la misère,
Enfant, intercède pour eux.

Et puis bien lasse mais joyeuse
D'avoir suivi le droit chemin,
Dans tous tes rêves sois heureuse
Et dors jusques au lendemain.

XXII

La Lune et la jeune Fille

Une
Lune
Luit ;
L'ombre
Sombre
Fuit.

O claire
Lumière
Des cieux,
Scintille
Et brille
Aux yeux !

Blonde reine,
Souveraine
De la nuit ;
Un nuage
De l'orage
Te poursuit.

Sois intrépide,
Monte, rapide,
Au ciel d'azur
Où les étoiles
Brillent, sans voiles,
D'un éclat pur.

Ce nuage sombre
Ne te quitte pas,
On dirait une ombre
Qui marche à grands pas.
Sa tête hideuse
S'avance, orageuse,

Dans un ciel serein ;
Tel qu'un noir reptile
Qui serpente, agile,
Sur le pré voisin.

Mais un grand vent d'orage
Le chasse promptement,
Il parcourt avec rage
L'immense firmament ;
Et tu planes, sereine,
Dans l'espace infini,
Quand le nuage, ô reine,
S'enfuit comme un banni.

Enfant, que tu sois blonde ou brune,
Lorqu'on t'aperçoit sur la brune,
Triste, rêvant au clair de lune,
Pense à cet astre radieux,
Entouré d'ennemis sans nombre,
A l'aspect fantastique ou sombre

Qui la couvrent de leur grande ombre,
Il leur échappe, glorieux.

Oh ! souviens-toi qu'une innocente fille
Court ici-bas de danger en danger.
Comme la fleur tombe sous la faucille
Plus d'une, hélas ! qui dans le monde brille,
Périt où Dieu ne peut la protéger.

Prends garde aux passions qui font la guerre à l'âme,
Fuis les plaisirs bruyants, les fêtes du mondain,
Que l'esprit du Seigneur et te guide et t'enflamme,
Rien ne t'éloignera jamais du droit chemin.

XXIII

Prière du Matin

Mon Dieu, tous les matins
Écoute ma prière;
Épargne les chagrins
A mon père, à ma mère.

Donne-leur la santé,
Un peu de nourriture,
Un toît bien abrité,
Une ample couverture.

Que le travail toujours
Leur vienne en abondance,

Et qu'ils voient de beaux jours,
Dons de ta Providence.

Qu'ils trouvent le bonheur
Sous ton regard de père,
Que Jésus, leur Seigneur,
Soit leur ami, leur frère.

Et moi qui suis enfant,
Que j'évite sans cesse
Ce que ta loi défend ;
Donne-moi la sagesse.

XXIV

Prière du Soir

A la fin de ce jour,
Mon Dieu, je te rends grâce
Des dons de ton amour
Qui jamais ne se lasse.

Nous sommes tous pécheurs ;
Ah ! pardonne, bon Père,
A mes petites sœurs,
A mon père, à ma mère.

Mon Dieu, pardonne-moi
Mes désobéissances

A ta divine loi,
Et mes impatiences.

Seigneur, pendant la nuit,
Nous voici sous ta garde ;
Éloigne ce qui nuit,
Que ton œil nous regarde.

Qu'un bon et doux sommeil
Ferme notre paupière,
Et qu'à notre réveil
Je t'offre ma prière.

XXV

L'Hirondelle du Pauvre Infirme

Salut, salut, chère hirondelle;
Après la saison des frimas,
Tu viens habiter nos climats
Et je te retrouve fidèle.

Ah! j'aime tant suivre ton vol,
Assis auprès de ma fenêtre,
Volant jusqu'au sommet du hêtre
Ou de l'aile rasant le sol

Tu parais si capricieuse
Au milieu de tes mouvements,

Tu décris des cercles charmants
En t'approchant de moi, joyeuse.

Peut-être, hélas ! as-tu pitié
D'un infirme dans la souffrance ?
Oh ! merci ; reçois l'assurance
De mon immuable amitié.

Quand de l'hiver la froide haleine
T'éloigne de nos vastes champs,
Et que j'entends tes derniers chants
Faire leurs adieux à la plaine,

Est-ce pour la dernière fois,
Me dis-je, ô mon aimable amie,
Qu'un pauvre infirme, en cette vie,
Entend les accents de ta voix ?

Et je me sens plein de tristesse ;
Mais pensant au bonheur des cieux,

Que goûtent les hommes pieux,
Mon âme bondit d'allégresse.

Et qui sait si peut-être un jour
Tu n'habiteras pas le monde
Où règne, dans la paix profonde,
Le Dieu de l'éternel amour ?

XXVI

Le petit Ramoneur

Ramonez-ci, ramonez-là
Est un air que toujours je chante ;
Ma longue barre que voilà
Fait une musique charmante.

Je suis le petit ramoneur
Qui tous les matins me promène
Dans la ville, mon grand domaine,
Noir de figure à faire peur.

Dans une cheminée étroite
Je monte avec agilité ;

Je la racle de la main droite,
Grimpant jusqu'à l'extrémité.

Triste vie ! être dans la suie
Depuis le matin jusqu'au soir,
Répète un enfant qui s'ennuie
D'aller à l'école s'asseoir.

Non vraiment, car je me contente
Des biens que donne le Seigneur;
Il fait tout pour notre bonheur,
Comme le dit souvent ma tante.

Pendant l'été nous moissonnons
Les champs de blés dans nos campagnes,
Ou nous gardons sur les montagnes
Nos nombreux troupeaux de moutons.

Puis, dès qu'arrive la froidure
De l'hiver sombre et rigoureux,

Je fuis, quand sur la terre dure,
Tombe la neige à flots nombreux.

Je vais gagner ma nourriture
Dans les villes en ramonant,
Et quand reverdit la nature,
Je rentre au pays, en chantant.

Tout joyeux je montre à ma tante
Mon petit sac rempli d'argent.
Sois toujours sage et diligent,
Dit-elle, en m'embrassant, contente.

Oh ! oui, nous sommes bien heureux ;
Le bon Dieu par sa providence
Nous donne tout en abondance.
Béni soit son nom glorieux !

XXVII

Le Fugitif

Hélas ! que je suis misérable !
Je n'ai pas un morceau de pain;
Je me couche dans une étable
Sur la paille et je meurs de faim.

Ainsi je cours à l'aventure
De ferme en ferme, à travers champs,
Cherchant partout ma nourriture,
Fréquentant les hommes méchants.

J'ai fui la maison paternelle
Poursuivant les plaisirs des sens,

Et je me suis montré rebelle
Aux bons conseils de mes parens.

Je me souviens que mon bon père
En rentrant me disait souvent :
» Jacques, sois sage ou la misère
Fondra sur toi, mon pauvre enfant. »

Au moment de mourir, ma mère
Triste, fixa sur moi ses yeux
Et fit une ardente prière,
Avant de monter dans les Cieux.

Hélas! je méprisais leurs larmes,
Je broyais sans pitié leur cœur ;
Tous les jours croissaient leurs alarmes,
Craignant pour moi quelque malheur.

Dieu qui bien longtemps nous tolère
M'a saisi de sa forte main,

Il m'a frappé dans sa colère
Pour m'ouvrir un meilleur chemin.

Je vais revenir vers mon père,
Afin d'implorer son pardon,
Et par mon repentir, j'espère
Le consoler; il est si bon !

XXVIII

Abraham

Un jour Abraham, le grand homme,
Pour accomplir l'ordre de Dieu,
Allait vers un endroit qu'on nomme
Morija, le mont du Saint-Lieu.

Près de lui marchait en silence
Son fils unique, aimable enfant,
Plein de candeur et d'innocence
Qui lui demande en souriant :

Mon père, pour le sacrifice,
Je vois bien le bois et le feu,

Mais non la victime propice
Que vous immolerez à Dieu.

— O mon fils, l'Éternel lui-même,
Dans son amour y pourvoira ;
N'oublions jamais qu'il nous aime,
Toujours il nous protègera.

Au lieu d'Isaac, pour victime
Le Seigneur offrit un bélier,
Qu'Abraham, ce cœur maguanime,
S'empressa de sacrifier.

Enfant, sois plein de confiance,
En ce Dieu qui te suit partout ;
Il veillera sur ton enfance ;
Son grand amour pourvoit à tout.

XXIX

Le Juif-Errant

LÉGENDE

On dit qu'en allant au trépas,
Avant de gravir le Calvaire,
Devant une échoppe grossière
Jésus ralentissait le pas.

Mais du fond de cette boutique
Un cordonnier crie en fureur :
Ne t'arrête pas ou malheur,
Malheur au docteur hérétique !

Il menace l'infortuné
Qui sous sa lourde croix succombe,

Et qui s'approche de la tombe
De tout un peuple abandonné.

Et Jésus d'une voix profonde
Lui dit : je vais finir mes jours,
Mais toi, tu marcheras toujours,
Toujours jusqu'à la fin du monde.

Et l'on croit que le Juif-Errant,
Depuis, parcourt tous les royaumes,
Et qu'il ne trouve pas des hommes
Dont le malheur soit aussi grand.

Ainsi, loin de Jésus on erre
Au gré des vents des passions,
On ne vit que d'illusions
Au milieu des biens de la terre.

On va cherchant la vérité
A travers des nuages sombres,

Et l'on ne poursuit que des ombres
S'éclipsant dans l'obscurité.

Fuis donc les sentiers de l'erreur
Où ton esprit toujours s'égare.
La Bible est un immense phare ;
Jésus est le grand éclaireur.

XXX

Le petit Malade et sa Mère

Je ne peux fermer la paupière,
La fièvre rend mon corps brûlant ;
Toujours souffrir, c'est désolant :
Dieu n'est-il donc plus notre père ?

— Enfant, il nous aime toujours
Surtout brisés par la souffrance ;
Il nous donne la patience
De supporter les mauvais jours.

— Mère, à quoi bon la maladie ?
C'est elle qui me rend méchant.

Quand je suis fort et bien portant,
A Dieu je consacre ma vie.

— Hélas ! crois-moi, mon pauvre enfant;
Un bonheur qui jamais ne change,
Toujours le même et sans mélange,
Rend le cœur bien indifférent.

Pour avoir une foi vivante,
Il faut parfois verser des pleurs,
Et c'est dans les grandes douleurs
Qu'elle se montre triomphante.

— Que Dieu me donne de l'aimer,
De me soumettre sans murmure
A sa volonté sainte et pure;
Il saura bien me délivrer.

XXXI

Le départ du Missionnaire

Va, mon fils, le Seigneur t'appelle ;
Dans une heure il faudra partir
Pour une contrée infidèle ;
C'est tout un peuple à convertir.

Va prêcher la bonne nouvelle
A ces payens infortunés ;
Dis-leur que Jésus les appelle
Et que pour le ciel ils sont nés.

Reçois les baisers de ta mère,
Viens dans mes bras, ô mon enfant !

Qui devais fermer ma paupière.
Ah! je sens que mon cœur se fend.

De l'avenir les voiles sombres
Angoissent maintenant nos cœurs.
O Seigneur, éloigne ces ombres ;
Par toi seul nous sommes vainqueurs.

Accepte ce grand sacrifice ;
Comme Abraham, voilà mon fils ;
Il est à toi, sois lui propice;
Sers-lui de père et le conduis.

Va, mon enfant, sur mer, sur terre,
Suis la voie étroite des cieux;
Sois digne du saint ministère
Et reçois mes derniers adieux.

XXXII

Le Nègre mourant

Mon Dieu, j'étais un grand pécheur,
Un pécheur couvert de souillure,
Et, tu le sais, ma vie impure
Ne m'inspirait aucune horreur.

Je vivais dans l'insouciance
Au milieu des plaisirs des sens,
M'abandonnant à mes penchants,
Tranquille dans ma conscience.

Ah! je buvais comme de l'eau
Le sang des victimes humaines,

Pauvres prisonniers dans les chaînes
Qui périssaient sous mon couteau.

Je mettais leurs chairs palpitantes
Sur d'énormes brasiers ardents,
Et les bras encor tout sanglants,
Nous faisions des rondes bruyantes.

Et d'autres malheureux brûlaient,
Vivants, sur des bûchers funèbres.
Au sein de lugubres ténèbres,
Nous dansions pendant qu'ils hurlaient.

Et puis, quand arrivait l'aurore,
Aux pâles lueurs du matin,
Commençait l'horrible festin
Et le soir, il durait encore.

O mon Dieu, comment pouvais-tu
Supporter tant d'actes atroces,

Sans frapper des bêtes féroces
Qui foulaient aux pieds la vertu?

Quand je méritais ta colère,
Au lieu, Seigneur, de me haïr,
Tu me dis de me convertir
Par la voix d'un missionnaire.

Je le sais, tu m'as pardonné,
Ton Esprit a changé mon âme ;
Je suis sauvé, pécheur infâme,
Qui me conduisais en damné.

Devant toi, je vais comparaître;
Oh! qu'il me tarde, Dieu d'amour,
D'entrer au céleste séjour
Où je verrai mon divin maître !

XXXIII

La Folle

Pauvre Jane, quelle tristesse,
Voile ton front depuis six mois !
Elle croît, elle croît sans cesse
Et semble avoir ravi ta voix.

Tu gardes toujours le silence,
Le regard fixé devant toi.
As-tu perdu l'intelligence ?
M'entends-tu? dis, oh ! réponds moi.

Folle! es-tu donc folle? ô misère !
Enfant, pourquoi désespérer.

De revoir un jour ton bon frère,
Tom qui s'avait si bien t'aimer?

Hélas! pour toi, jeune orpheline,
Tom était l'unique soutien;
Mais Dieu, dans sa bonté divine,
Éprouva ce fervent chrétien.

Il dut partir pour la Crimée,
Lointaine terre de malheur,
Où la guerre était allumée
Et sévissait avec fureur.

Et depuis lors point de nouvelles;
Nul ne parlait jamais de lui.....
Calme tes angoisses mortelles;
Enfant, j'en reçois aujourd'hui.

Tom vit toujours; bientôt lui-même
Viendra se jetter dans tes bras,

Il te dira combien il t'aime ;
Jamais tu ne le quitteras.

Mais à ces mots la jeune fille
Lève la tête, ouvre les yeux ;
Elle sourit, cherche, babille
Tant son cœur redevient joyeux.

Et Tom entrant plein d'allégresse
La fait asseoir sur ses genoux ;
Il lui prodigue sa tendresse,
En baisant son œil noir et doux.

Dans une fervente prière,
Avec des cœurs reconnaissants,
Ils bénissent Dieu comme un père
Qui prend soin de tous ses enfants.

XXXIV

Devenu pauvre

Au milieu de la richesse
Je passais mes plus beaux jours;
Hélas ! j'oubliais toujours
Les pauvres en leur détresse.

Je recherchais les plaisirs,
Au sein de brillantes fêtes,
Où nous allions, folles têtes,
Satisfaire nos désirs.

A ma bonne et tendre mère
J'ai fait verser bien des pleurs,

Et par toute mes erreurs
J'ai rendu sa vie amère.

Ah ! si la prospérité
Eut duré ma vie entière,
Je n'avais que la misère
Pour toute l'éternité.

Mais Dieu, par sa Providence,
Veillait tendrement sur moi,
Et pour réveiller ma foi,
Il m'envoya l'indigence.

Oui, je ne possède plus
Les richesses de la terre,
Mais j'aime Dieu comme un père,
Et j'ai pour sauveur, Jésus.

XXXV

Noël

Pendant la nuit sereine,
Quelques bergers pieux
Voient éclater, soudaine,
La lumière autour d'eux.

Ils sont pleins d'épouvante;
Mais l'ange du Seigneur
De sa voix rassurante
Tranquillise leur cœur.

Le Christ vient de paraître,
Les temps sont accomplis,

Le Sauveur vient de naître
Au milieu des petits.

Dans une pauvre étable
Jésus est endormi.
Ah ! cet enfant aimable
De tous sera l'ami.

Il va sauver le monde
Par son sang précieux,
Et, dans la nuit profonde,
Briller à tous les yeux.

Chantez d'une voix claire
Le cantique du ciel :
La paix soit sur la terre
Et gloire à l'Eternel.

XXXVI

Pâques

Le Sauveur est ressuscité !
C'est le cri de victoire,
Que les anges ont répété,
Pour proclamer sa gloire.

Il est sorti de son tombeau
Radieux, plein de vie :
Il apporte la paix d'En-Haut
A l'Église ravie.

Grand triomphateur de la mort,
Sa suprême puissance

A vaincu Satan sans effort ;
A lui l'obéissance.

Ah ! comme lui ressuscitons ;
Ne soyons plus esclaves
Du péché qui voile nos fronts ;
Secouons ses entraves.

XXXVII

Contrastes

Oh ! que ce jour est ravissant !
Aux cieux le soleil étincelle,
Couché dans ma frêle nacelle,
Je descends ce ruisseau charmant.

De tous côtés sont des prairies
Couvertes d'innombrables fleurs ;
O qu'elles suaves odeurs
Donnent ces roses si jolies !

J admire les saules pleureurs,
Plantés le long du frais rivage,

Et j'écoute le doux ramage
De tous ces oiseaux enchanteurs.

Bientôt le paysage change;
Plus d'arbres, plus de prés fleuris ;
Quelques arbustes rabougris
Parmi des marais pleins de fange.

Plus de feuillage, plus d'oiseaux,
Partout des ronces, des épines,
Des champs déserts ou des ruines ;
Ma barque se heurte aux roseaux.

Ainsi, dès l'âge de vingt ans,
La vie a pour nous bien des charmes ;
Rarement nous versons des larmes ;
La jeunesse est un vrai printemps.

Mais hélas ! un sombre nuage
Voile souvent ce ciel d'azur ;

On rêve en vain un bonheur pur;
Il fuit comme un trompeur mirage.

O mon enfant, dans cette vie
La joie est à côté des pleurs ;
Regarde à Dieu dans tes malheurs ;
Lui seul console et fortifie.

XXXVIII

Un Monde nouveau

Le soleil de ses feux inonde l'atmosphère,
Une ardente chaleur semble enflammer les airs ;
Mais déjà brillent les éclairs,
Et des nuages noirs dérobent la lumière.

Comme les hurlements de nombreux lionceaux,
Entendez éclater les longs bruits du tonnerre;
C'est le ciel qui parle à la terre,
Et la pluie, en tombant, élargit les ruisseaux.

Les odorantes fleurs, les fruits et la verdure,
Tout revient à la vie et reprend sa fraîcheur;

O quelle ravissante odeur
S'exhale maintenant du sein de la nature!

J'admire ces splendeurs plein de ravissement;
Un vent délicieux agite le feuillage,
Et des oiseaux le doux ramage,
Salue avec transport cet heureux changement.

Ainsi, lorsque du Christ la parole féconde,
Fit entendre aux mortels ses sublimes accents,
Devant ses regards tout puissants,
Il vit naître et grandir soudain un nouveau monde.

Contemplez près de lui ces troupes de pécheurs!
Par son amour il a sanctifié leurs âmes,
Et de l'esprit les saintes flammes,
En les purifiant ont inondé leurs cœurs.

Ils s'aiment tendrement comme s'aiment des frères;
Le riche, de ses biens, entretient l'indigent,

Largement il répand l'argent
Parce qu'il a pitié de nombreuses misères.

Les plus nobles vertus, l'amour, le dévouement,
L'aimable chasteté, la pudeur, l'innocence
Et la douce reconnaissance
Brillent au milieu d'eux d'un éclat permanent.

Avec le Christ, le ciel est venu sur la terre;
Par le souffle d'en haut le monde est transformé.
Oh ! gloire au Sauveur bien-aimé
Qui, pour donner la vie, est mort sur le Calvaire !

XXXIX

La Fille de Jaïrus

Luc VIII, 41.

C'était un grand bonheur, un bonheur plein d'ivresse
Pour ton cœur, Jaïrus, débordant de tendresse
Auprès de Salomé.
Tu l'aimais comme un père aime sa jeune fille,
Belle enfant de douze ans, si gaie et si gentille,
Son trésor bien aimé,

Mais hélas ! le bonheur rapidement s'envole ;
Il passe promptement tel que l'oiseau qui vole
En traversant les mers.
Comme une tendre fleur sur sa tige flétrie,

Elle tombe en un jour, ta Salomé chérie.
Ah ! quels chagrins amers !

Toute la science humaine
Est impuissante à guérir,
L'enfant qui respire à peine ;
Ce soir elle doit mourir.

O malheur ! sombres alarmes !
Quelle angoisse pour ton cœur !
En vain tu répands des larmes ;
Le mal s'avance en vainqueur.

Jésus de Nazareth, le Tout-Puissant Prophète,
L'ami des affligés, dont la bonté parfaite
Guérit bien des langueurs ;
Le Messie attendu, que tout le monde acclame,
Le médecin du corps et le sauveur de l'âme
Vient essuyer tes pleurs.

Il vient pour consoler un infortuné père,
Il vient fortifier l'âme qui désespère

Pendant les sombres jours.....
A quoi bon, maintenant? La jeune fille est morte ;
Déjà tous les pleureurs sont auprès de sa porte....
Jaïrus, crois toujours.

Crois, lui dit le Sauveur, en ma Toute-Puissance ;
Bientôt tu comprendras ce que peut ma présence
Sur l'effroyable mort.
A peine ont-ils atteint la maison mortuaire
Qu'on leur montre l'enfant roulée en son suaire,
Non refroidie encor.

Interrompez vos cris, je vais rendre la vie
A celle que la mort a promptement ravie
A votre affection.
Tes liens sont brisés, relève-toi, ma fille;
Ton pauvre père en pleurs et toute ta famille
Sont dans l'affliction.

Quelle joie inénarrable!
O quel bonheur ravissant!

Aux pieds du maître adorable
Jaïre est reconnaissant.

Il se tait, mais son silence
Et son regard attendri,
Disent combien est immense
Son amour pour Jésus-Christ !

Et son enfant gracieuse
Baisant la main du Sauveur,
Répétait souvent, joyeuse :
Mon Seigneur, mon bon Seigneur !

XL

Le Pharisien et le Péager

Luc XVIII, v. 10.

Debout, l'air arrongant et la parole fière,
Jettant de tous côtés des regards de mépris,
Un jeune pharisien, s'estimant à haut prix,
Dans le temple de Dieu vient faire sa prière.

O Seigneur, je te bénis,
Tous les jours je te rends grâce
D'être d'une illustre race ;
Tes bienfaits sont infinis.

On vante beaucoup mon zèle
Et mes brillantes vertus.

En est-il de plus fidèle
Dans le monde des élus ?

Ma conduite est pure, austère,
Je vis loin des ravisseurs,
Des injustes, des menteurs,
Je déteste l'adultère.

Quant à ce pécheur maudit,
A ce péager infâme
Qui paraît tout interdit,
Je l'abhorre au fond de l'âme.

On me voit encore jeûner
Deux fois au moins par semaine ;
La dîme de mon domaine,
Je veux toujours la donner.

Dans un des coins obscurs du majestueux temple,
Un pauvre péager les larmes dans les yeux,

N'osant pas élever ses regards vers les cieux,
Disait timidement au Dieu qui le contemple :

Je suis un pauvre pécheur,
Un pécheur bien méprisable.
Que je me sens haïssable
Quand j'interroge mon cœur !

Oui, je suis plein de souillure ;
J'ai tant transgressé ta loi,
Que dans toute la nature,
Rien n'est aussi vil que moi.

O pitié ! mon Dieu, mon père !
De ta grâce fais-moi don :
J'ai besoin de ton pardon ;
En toi seul mon âme espère.

A purifier mon cœur,
Seigneur ! tous les jours j'aspire.

Veuille me rendre meilleur
Puisque après toi je soupire.

Malgré mon indignité,
Exauce au ciel ma requête.
Quand ma misère est complète,
Fais éclater ta bonté.

Le Seigneur écouta la prière touchante
De l'humble péager qui priait à genoux;
Mais il ferma l'oreille à la voix arrogante
De celui qui venait d'enflammer son courroux.

XLI

Le bon Samaritain

Luc X, v. 30.

Un homme descendait par la route fatale
Qui devait le conduire à Jéricho, le soir;
Il marchait, redoutant quelque attaque brutale,
Et vint tout anxieux près d'un palmier s'asseoir.

Déjà dans sa mémoire,
Quelque lugubre histoire
L'avait épouvanté.
Ne voit-il pas dans l'ombre,
Une figure sombre,
Un long glaive agité?

Il ne sait trop s'il rêve;
Plein d'horreur, il se lève,
Hélas! il cherche à fuir :
Quand les brillantes lames
Des assassins infâmes,
Paraissent l'éblouir.

Il tombe sous leurs coups et rougit la poussière
De son sang répandu qui s'échappe à grands flots;
Il ferme lentement ses yeux à la lumière,
Etouffant dans son sein de lugubres sanglots.

Tel que bêtes féroces,
Ces meurtriers atroces
Pillent l'infortuné;
Et, mourant sur l'arène,
Sans pitié mais sans haine,
Ils l'ont abandonné.

Déjà la mort horrible
Lève sa faux terrible;

Elle veut en finir.
Si personne ne passe,
L'infortuné trépasse.
Pourtant ainsi mourir !

Un sacrificateur de l'Éternel, un prêtre
Parcourt un peu plus tard ce dangereux chemin ;
Le moribond espère, en le voyant paraître,
Que cet homme de Dieu va lui tendre la main.

Vaine est son espérance !
Accablé de souffrance,
A peine il peut gémir.
L'homme de Dieu l'évite ;
Il passe, passe vite,
Pour ne pas s'attendrir.

Voyez ! la peur l'agite ;
Tremblant, il précipite
Avec ardeur le pas ;
Et toujours il lui semble

Que des brigands ensemble
Complotent son trépas.

Un long moment s'écoule et bientôt un Lévite
Apparaît descendant par le même chemin ;
Il est bon, jeune et fort, et certes, tout l'invite
Envers le voyageur à se montrer humain.

Avec impatience
Promptement il s'avance
Du pauvre malheureux ;
Tout près il examine
Sa sanglante poitrine ;
C'est un spectacle affreux.

La pitié, puis la crainte
Par une forte étreinte
S'emparent de son cœur ;
Il fuit, il fuit bien vite,
Le timide Lévite,
Laissant le voyageur.

L'infortuné va donc périr sur la grande route ;
Les serviteurs de Dieu pouvaient le secourir,
Ils ont fui lâchement et nul autre, sans doute,
N'aura plus de courage ; il devra donc mourir.

Il perd toute espérance.
Et d'où la délivrance
Pourrait-elle venir ?
Que le ciel me pardonne,
Dit-il, et qu'il me donne
Un meilleur avenir !

Mais l'Éternel te garde ;
Oui, mets toi sous sa garde,
Tourne vers lui les yeux.
Quand l'homme t'abandonne,
Son amour t'environne,
Tout secours vient des Cieux.

Un quatrième passant sur cette même voie,
Marchant tranquillement, voyageait le matin,

Et cet homme de cœur que le Seigneur envoie,
Depuis, on l'a nommé « le bon Samaritain. »

Courageux, intrépide,
Il va d'un pas rapide
Auprès du malheureux ;
Il bande ses blessures,
Et sur ses meurtrissures
Verse un vin généreux.

Rêvant à l'aventure,
Sur sa propre monture
Il le fait vite asseoir.
Ayant sauvé sa vie,
Dans une hôtellerie
Ils arrivent le soir.

Sans cesse auprès de lui, voyez comme il s'empresse!
Pendant toute la nuit il le comble de soins;
Autant que pour un fils il montre de tendresse
Et pourvoit largement à ses moindres besoins.

Et toujours l'âme haute,
En partant, à son hôte
Il donne deux deniers ;
Et toute autre dépense
Pour le malade, il pense
La payer volontiers.

O quelle prévoyance !
Admirable puissance
De l'amour fraternel !
Va donc et fais de même !
Que ton cœur toujours aime,
Comme aime l'Éternel.

XLII

La Cananéenne

Matth. XV, v. 22.

Seigneur, fils de David, pitié pour une mère!
Hélas! ma pauvre enfant succombe à ses douleurs;
Pour nous deux ici bas la vie est bien amère,
Toi seul peux mettre un terme à nos cruels malheurs.

Elle est pâle, chétive et dans son corps si frêle
Un démon tourmenteur l'agite constamment,
Il la transporte aux champs, sans force elle chancelle.
Et se roule longtemps sur la terre écumant.

Le Seigneur écoutait sans rompre le silence.
Cependant espérant faire cesser ses cris,
Pierre toujours ardent auprès de lui s'élance
Disant : renvoyez-la! sur un ton de mépris.

Et soudain le Sauveur lui répondit : ô femme,
Je suis le grand berger des brebis d'Israël,
Je viens les ramener au Dieu qui les réclame,
Et ce Dieu tout puissant se nomme l'Éternel.

L'ami des affligés doucement la repousse.
Qui donc la secourra, qui lui tendra la main?
N'écoutant que la voix qui dans son cœur la pousse,
Elle tombe à genoux sur le bord du chemin.

Aide-moi, bon Jésus, dans ma grande misère;
Ne me délaisse pas au milieu de mes pleurs;
Pitié pour mon enfant et pitié pour sa mère;
Aide-nous, aide-nous, tendre ami des pécheurs.

— Écoute et réponds moi, pauvre Cananéenne.
Est-il juste, dis-moi, de dérober le pain
Aux enfants du logis afin qu'une payenne,
Le donne aux petits chiens pour apaiser leur faim?

— Ce ne serait pas juste; et cependant les miettes,
Qu'ils ont laissé tomber jusques aux petits chiens,

Changent de tristes jours en de superbes fêtes,
Et les pauvres se croient ainsi comblés de biens.

Oh ! oui, mon bon Seigneur, en guérissant ma fille,
Tu n'appauvriras pas ceux de ta nation,
Et tu rendras la joie à toute une famille
Qui n'aura que pour toi son adoration.

— Femme, grande est ta foi ! Payenne, je t'admire ;
Malgré tous mes refus rien n'a pu t'ébranler.
Eh ! bien, qu'il te soit fait comme ton cœur désire ;
Ton enfant est guérie ; elle doit t'appeler.

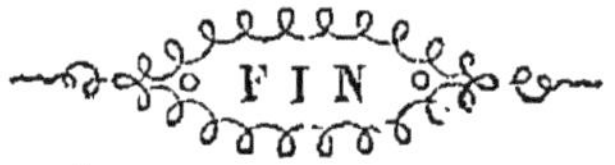

TABLE DES MATIÈRES

OUVRAGES DU MÊME AUTEUR :

CHANTS DE L'AURORE

In-8°. — Prix : 2 francs.

LEVANTINES

VOIX PLAINTIVES

In-12. — Prix : 1 franc.

ATTENDS-MOI

ÉLÉGIE

In-8°. — Prix : 30 cent.

Angers. — Imprimerie Lemesle frères et Cie.

www.ingramcontent.com/pod-product-compliance
Ingram Content Group UK Ltd.
Pitfield, Milton Keynes, MK11 3LW, UK
UKHW020347230726
13925UKWH00003B/1007

9 782019 195816